열꽃을 지운다

작가마을 시인선 50

열꽃을 지운다

초판인쇄 | 2021년 11월 10일
초판발행 | 2021년 11월 20일

지 은 이 | 염계자
펴 낸 이 | 배재경
펴 낸 곳 | 도서출판 작가마을
등   록 | 제 2002-000012호
주   소 | 부산광역시 중구 대청로 141번길 15-1 대륙빌딩 301호
          T. 051-248-4145, 2598   F. 051-248-0723   E. seepoet@hanmail.net

ISBN 979-11-5606-178-6 03810   정가 10,000원

※ 본 도서는 2021년 부산광역시, 부산문화재단 지역문화예술특성화지원 '부산문화예술지원사업'
   으로 지원을 받았습니다.

작가마을 시인선 50

열꽃을 지운다

염계자 시집

도서출판
작가마을

장자산 올라
'야호' 하고 소리쳐본다

파도소리만 철썩인다

높은 산이 아니라
아직 부딪치지 못하나 보다
대답이 없다

내려오는 길

가슴에 걸린 메아리가 재채기를 한다

2021년 가을
염계자

염계자 시집

작가마을 시인선 ㊿

차례

제2부

염계자 시집

작가마을 시인선 ㊿

차례

제3부

제4부

열꽃을
지운다

염계자 시집 · 작가마을 시인선 50

제1부

꽃을 먹다

장미가 담장에서 멀미하던 날
꽃 파티에 초대받아
연화리 효명농원에 갔다
효태와 명자는 사람 좋고
금술 좋기로 소문난 부부다
강산이 변하는 동안 정원을 가꾼 이력은
경사진 언덕 확 트인
대변항 바다 파도가 말해준다
그윽한 향기를 뿜어내는
백합 허브 나리 백일홍 등
카페 분위기에 젖어
나는 식탁에서 포크와 나이프를 들고
스테이크 칼질을 하듯 눈으로 먹고
쉬어가며 또 꽃을 먹었다
집으로 돌아오는 차 안에서
미처 제 이름을 부르지 못한 꽃들이
얼굴과 가슴에서 우후죽순
붉고 푸르게 핀다

가오리연

어린 날 연줄을 매주시던 아버지
나이아가라 폭포를 향해 가자며
달려가시는 뒷모습을 따라
나도 함께 달렸다
가오리연이 되었다가 방패연이 되어
구름을 향해 활공하는 모습을 보며
신났지만 얼레 감는 손목이 아프다
천둥소리를 내며 솟아오른 물기둥은
나를 휘감고 죽었다 다시 옥빛으로
일어서며 무너지기를 반복한다
상처 난 지느러미
비늘을 털며 하늘을 날아오른다
작열하는 물소리 안개꽃으로 피고
쌍무지개 가슴에 걸려 전율한다
숨죽인 그리움 몸단장을 한다
굉음을 내지르는 강물 위로
단번에 뛰어내릴 태세다
아버지 연줄을 당기시며 슬며시 놓는다

가면 속에서

우두커니 창밖을 보노라면
그리움으로 가슴 아플 때가 있다
물방울 스카프를 두르고
나는 낯선 거리를 헤매고 있다
겨울을 채비하는 나목들이
주고받는 속내까지도 그림자를 두었으며
듣기만 하고 침묵했던 입에서
이제 바람 소리를 낸다
미처 생각지도 못했던
햇살이 무딘 심장을 팔딱이게 한다
무대 위에서 우리는
허기를 채우기 위한 춤사위를 벌인다
묵은지에 허멀건 꽃가지가 피었는지
내 속은 쉰내가 진동한다
부재중인 그녀를 찾아 김칫독을 비우고
새콤달콤한 봄동을 버무리고 싶다

길모퉁이 서점

겨울바람이 불면
폴라티를 즐겨 입는 여자는
퇴근길에 꼭 들리는 곳이 있다
동네 모퉁이를 돌아
손칼국수집을 지나면
작은 서점이 보인다
유리 문안에는 전기난로가 있고
생강 향을 머금은 주전자에서
모락모락 김이 난다
해무 속으로
헤밍웨이가 걸어 나와
모네와 베토벤에게 말을 건넨다
고단함이 묻어나는 나무의자
노부부가 마주 앉아
미소를 찻잔에 푼다
그 여자는 부드러운 눈길로
책장을 넘기며 중얼댄다
"서점주인이 되고 싶다"며

가슴으로 흥얼대던 노래를 따라

나는 오래전부터 그녀를 찾고 있다
어디선가 서점주인이 되어
손님을 기다리는지도

아스팔트 위의 여자

말꼬리를 물고
아스팔트 위를 달리는 여자
갑자기 속도를 낸다
뒷머리에 식은땀이 났지
진작 피할 수도 있었지만
내 눈으론 뒤를 볼 수가 없었다
비보호 좌회전 빨간불 앞에서
눈물이 되어 흐르는 비
두 팔로 바람을 끌어안아 보지만
꺼졌다 다시 살아나는 산불 마냥
가슴을 활활 태우는 여자

한 뼘씩 자라는 선인장
창백한 내 입술 열꽃을 지운다

사과를 닦는다

수영 팔도시장에 접어들면
건어물 앞
사과가 가득 담긴 손수레에
저녁이면 여자는
햇살과 비바람을 풀어놓는다
챙 넓은 밀짚모자를 쓰고
헤드폰 음악에 흥얼대지만
하얀 목장갑을 끼고
갓난쟁이 얼굴을 어루만지듯
홍옥과 부사를 닦으며
금련산을 붉게 물들인다
우울을 견디지 못해
색안경을 쓰고 노을을 탐한 여자
이제 만날 수 없다
우두커니 선 빈 수레
바람이 쳇바퀴를 돌린다

휴식

진해시청 계단을 오르면
햇살에 검게 탄 남자가
돌계단에 앉아있다
두 팔을 무릎에 걸치고
등은 아래로 늘어뜨리며
아주 편한 포즈를 취하고 있다
눈동자는 느티나무에 앉은
새소리를 들으며
귓속은 구름이 가득하다
민원실을 바쁘게 오가는 사람들
다가와 막진 손을 어루만지며
어깨에 기대기도 한다
옷자락 스치는
바람이 파도 소리를 낸다
소란스러운 한낮이 고요해지면
남자는 시루봉 그림자를 끌어내린다
돌아서는 내 몸에서 종소리가 난다

동굴 속으로

꽃샘바람에도
목련은 피어 웃는다
만나면 손목시계 만지작대던
그녀가 집으로 가자며 재촉한다
내키지 않는 걸음으로
현관문을 들어서니
종유석이 매달려 있다
뽀얀 얼굴에 드리워진 암막 커튼
그 사이로 햇살이 스며든다
다과상을 받으며 괜한 호기심이
이방 저 방을 오가며
감시와 음모를 찾아낸다
마른 이끼에 배인 오래된 냄새가
부지런한 손끝에서 닦여가고
나비장 콘솔 위에 켜놓은
커다란 촛불 하나 흔들리지 않는다
언젠가
그녀가 빠져나올 출구인지 모른다

우체국 계단에 앉아

밤하늘에 손편지를 쓴다

코스모스 흔드는 바람을 나무라며
달빛을 지우고
보이지 않는 바다를 그린다

늘 따라오던 그림자가 사라졌다.

수평선을 자맥질하는 불빛이
핏기 없이 주저앉는다

서툰 이별을 위한 언어들이 버벅거리며
물구나무를 선다

파도가 소리 내어 울지 못할 때
우리는
이미 예감했는지도 모를 일이다

마네킹

사라를 찾았다
새 옷을 입고
의상실 쇼윈도우를 빠져나간 건
모두가 잠들은 밤이다
단순한 외출이라 생각했지만
돌아오지 않았다
여기저기 수소문을 해보았지만
광복동 거리를 활보하고 있다 하며
부른 배를 움켜쥐고
구포시장 저잣거리를 헤매고 있다는
허튼소리에도 가슴은
숯등걸이 되어 조바심을 쳤다
물수건으로 얼굴을 훔치고
머리를 매만지며
듣지도 말하지도 못하는 그녀에게
서로 눈빛을 주고받으며
나는 귀가 되고 입이 되었다
오래 잊고 살았는데
울적한 날 묵혀둔 일기장에서
사라가 춤을 춘다

괴정탁주

열꽃을 피운
아버지 등에서 해일이 인다
햇살 저무는
천마산 산복도로에 가면
산 그림자 품고
술에 숨어 사는 남정네들
휘어진 허리
혀 꼬부라진 소리로
인생사 진단하며 산다
빌미와 꼬투리를 안주삼아
주발에 청춘을 부어 마신다
희뿌연 연기 속으로
젊음이 부여된 시간이
비틀대며 겨드랑이를 타고 오른다
취기에 젖은 아버지를 모시러 오는
여자아이는 늘
호주머니가 불룩한 바지를
추켜올리며 걷는다
한숨 쉬고
손으로 만지작대던 돌을

까치발로 서서 힘껏 던진다
간판이 휘청거린다

무허가

이사 청소하는 날
앞 전봇대 위에는 까치 부부가
부지런히 집을 짓고 있다
서로 나뭇가지를 물고
번갈아 날아오르는 모습이
집 장만에 애쓰던 나를 닮았다
우린 서로 눈인사를 하며
자주 만나자고 통성명도 했다
며칠 후 입주를 하고
반가운 마음에 전봇대를 쳐다보니
까치집이 보이지 않았다
바람이 무허가라 고자질하여
한전 직원이 단번에 철거했다며
물집 생긴 부리로 깍깍댄다
나는 서랍을 열어 고이 넣어둔
등기부 등본을 확인한다

수족관

육 차선 도로변에
바다횟집과
하늘요양병원이 나란히 있다
하얀 두건을 쓰고
흰 가운을 입고
칼을 휘두를 때마다
횟집 물고기는 죽어야 하며
요양병원 노인들은
겨우 생명을 연장한다
병원 직원들 회식 날은
수족관이 긴장한다
횟집 김 사장 어머니는
요양병원에 입원한 지
다섯 해가 지났다
좁은 병실은 환자들이
집으로 돌아가는 길을 잃고
헤매는 벼랑 끝이다
입은 단내가 나고
눈에는 소금꽃이 핀다
바다가 출렁인다

산동네

이삿짐 실은 트럭이
바람에 걸려 넘어지면
산자락 달동네가 분주하다
서로 꿈을 팔기도 하고
희망을 사기도 한다
벼랑길을 타고 오르내리며
앞만 보고 살다 숨이 차면
잠시 쉬어가라며 햇살이 손짓한다
대문 없는 집들이 웅크리고 앉아
누군가를 기다리며
아니 찾아와 주기를 바라는 듯
막걸리 사발 부딪치며
남항 바다를 퍼 올린다
안주는 홍합과 오징어를 넣어
기름 냄새 풍기며 부치는 파전이 최고다
앞마당에 가득 핀 천리향 향기 따라
미로 속 골목을 한참 돌고 돌아 나와
낯선 사람들 마음을 훔친다
밤이면 창문 사이로 찾아드는 달빛
등불 삼아
목에 걸린 생선 가시를 빼낸다

버스정류장에서

화창한 날
푸른 물결 넘실대며
가슴을 활짝 여는 바다
먼 수평선에 대마도가 걸려있다
눈 낚시를 하며
두 팔로 끌어 힘껏 당겨보지만
쉽사리 당겨오지 않는다
얼마 전
정형외과 의사가 물었다
넘어졌는지 부딪쳤는지
나는 기억이 없어 고개를 저으니
팔 인대가 늘어났다며
꾸준히 치료받으라 한다
잠깐 사이 버스가 지나갔다
통증이 몰려 왔다
또 생떼다
독도가 자기네 땅이라네
서둘러
물리치료 받으러 가는 중이다

넘어지다

빗소리만으로도
몸이 흥건하게 젖는 날은
마스크에 숨기고 싶은 흉터가 있다

세찬 비바람에
아스팔트 위로 나뒹굴었던
흐트러진 모습
빗물은 아무렇지 않게
피빛 흔적을 씻어낸다

일기장을 편다
두더지 방망이로 질식시킨 언어들이
일제히 일어나 작은 함성을 내지르면
내 안에서 막혔던
혈관 뚫리는 소리 들을 수 있다

여기저기 텅 빈 상가가 보인다
임대문의 요망 또는 급매
차창 밖 가로수 사이로
상처 난 파도가 밀려온다

제2부

미세먼지를 털다

국적도 모른다며
누렇게 뜬 모습으로
호주머니 속을 뒤집어 보이고
경찰관 취조에 불응한다
쉽게 내뱉은 말들이
빛을 산란시켜
허공중 부유물로 떠다닌다
걸러지지 않는 미세한 언어
노출을 노리는 순간포착 레이더망
황사 방역용 마스크에
들숨 날숨을 숨겨두고 침묵한다
하늘을 점령한 횡령죄
용서하기가 힘들었나 보다
진종일 비바람 불더니
천둥소리 불꽃이 튄다

미묘한 차이

결혼을 앞둔 석이는
청첩장을 쓰다 말고 머리가 아프다
아버지 이름은 적었는데
어머니 이름은 쉽게 적지 못한다
친구들 집에 놀러는 갔어도
집으로 친구를 초대한 적이 없어
사춘기는 외로웠고 아팠다
두 팔 벌려
웃음으로 다가오는 두 어머니
데이지와 마가렛 꽃으로
구분하기 어려운 향기
그래서 신갈나무와 떡갈나무에서
떨어지는 도토리는 늘 목젖이 떫다
줄장미 핏빛으로 멀미하던 날
나는 먹빛 청첩장을 받는다

흔들림에 대하여

준이 엄마는
심지가 곧은 소나무를 닮았다
눈두덩엔 푸른 솔방울을 달고
아무렇지 않게 잘 참아내지만
간밤에 무슨 소동이 있었는지
소리 없는 총을 사겠다며
분노를 사고파는 저잣거리를
온종일 쏘다녔다
해 질 녘 패잔병으로 돌아온 그녀는
서랍을 열어 철썩이는 파도를 잡고
주체할 수 없는 몸을 뒤척이며 울었다
봇짐을 수십 번 싸고 풀었는지
입 벌린 빈 가방이 나뒹굴고
가방안의 옷들이 빨랫줄에 펄럭이며
준이 엄마를 물끄러미 쳐다본다

꽃피는 식탁

바닷가에서 길을 잃은 여인들이
노을과 파도 소리를 끌고
송정 친구 집에 모였다
밥을 먹으며 반가움은 배가 되고
연잎 차 한 잔에
가슴에 묻어둔 꽃씨를 꺼내
식탁 위에 풀어 놓는다
먼저 누구랄 것도 없이
다양한 색상으로 엉킨 삶들이
푸른 멍이 되어
수다 속에서 꽃으로 터져 울면
상처 난 뿌리를 도려내고
무성한 잎은 가지치기를 한다
등을 토닥이며
한숨과 웃음으로 날밤을 새우지만
꽃을 피우는
여인들 식탁은 지치지 않는다

모자를 쓰다

회식 날은 불안하다

잘 마시지 못해도

자꾸 권하는 잔은 거절할 수 없어

한두 잔 마실 때가 있다

두 잔을 마시면 어지러워

털모자를 쓰고 벽난로에 기대어

희미한 기억들에 불을 지핀다

석 잔마저 목젖을 넘어가면

모자를 목까지 눌러 쓰고

깁스한 몸무게로

안개 속을 비틀대며 걷는다

무릎이 깨져 상처가 나면

거울을 꺼내 들고 입술에

빨간 립스틱을 바른다

여자는 모자를 고쳐 쓰고

웃고 떠들던 사람들 그림자를 지워낸다

택배를 받고

얼마 전 이웃으로부터
막무가내로
좋은 일에 쓰겠다며
계좌번호가 찍힌 카톡이 왔다
조금 혼란스러웠지만
고개를 끄덕이며 입금을 했다
상세한 언급이 없으니
잊고 있다가도 생각나면
괜스레 투덜대며 속상해 했다
일주일 만인가
외출 후 돌아오니
현관 앞에 가지런히 놓인 박스
들어보니 무거웠다
햇살이 가득 찬 거실엔
물결이 출렁거렸다
몇 겹의 포장지 속에서
얼굴을 내민 것은
나무로 잘 다듬은 함지박이었다
장애인학교에서
아이들이 통나무 속을 들여다보며

칼로 지극정성 아픔을 도려내야만

작품이 완성되는 그 손끝에

윤슬이 매달려 있다

성난 까마귀

가무잡잡한 모습에
검은 옷을 즐겨 입는
정이 언니
얼굴에서 반들반들 윤이 난다
앞에서는 매력적이라며
추켜세우지만 돌아서면
친구들마저 까마귀 같다고 놀려댄다
예쁜 얼굴에
늘 수심이 가득하고
언젠가 낮잠이 많아졌다며
밤 외출이 잦아졌다
루이비통 네버풀 가방 속에는
크고 작은 몽둥이를 넣고 다녔다
동네 꼬마와 바람이 몰려다니며
놀리고 치마를 들추기도 하니
골목 어귀에서
힘껏 몽둥이를 휘두른다
달빛이 비명을 지른다

나목

링거를 단 채

회복실을 빠져나와

여덟 시간 동안 나목이 된다

꼼짝없이 천정만 바라봐야 했다

환자들 경험담이 빚어내는 훈수는

톡 톡 바둑알 놓는 소리다

벽에 걸린 침묵이 아프게 보인다

수술실에 들어가기 전

내 기도가

창문을 두드리는 빗소리 듣는다

화가 묻은 오후

우연히 접어든
인적이 드문 골목에서
고양이와 까치가 펀치를 날린다
화들짝 놀라
그냥 지나칠까 했지만
담쟁이 기어오르는 담벼락이
웬 호기심 많은 발목을 잡아끈다
늘어진 감나무에 아슬하게 서서
부리로 쪼아가며
앙칼지게 눈에서 레이저를 연거푸 쏘지만
번번이 놓친다
화가 묻은 오후를 헛발질만 한다
휘파람 불며 쫓으려 했지만
달아나기는커녕 돌아보지도 않는다
내가 돌아선다
폰을 꺼내 바람 지구대에 신고를 한다

날개

장자산 가는 길
공터에
까치들 단합대회가 열렸다
수십 마리가 모여
인기척도 외면한다
저들이 땅을 밟으며 걷고 있을 때
숲속 어딘가에 벗어놓은
헐렁한 날개를 찾아서
양팔을 밀어 넣고
뒤틀린 골반뼈의 통증으로
걷기가 불편하시던
아버지 어깨에 달아드리고 싶다
한낮에 내린 여우비를 피해
베란다 창문으로 매 한 마리 날아들었다
무겁고 지친 눈빛 밤눈이 어둡다며
날아야 한다는 본능이
우주를 향해 치솟아 오른다

우울한 아침

밤을 하얗게 새운 새가
오륙도 해무에 갇혔다
날개를 퍼덕이며
지친 부리로 벽이 없는
회색빛 허공을 쪼아댄다
비릿한 냄새로
숨을 몰아쉬는 새는
소리를 지르며
가슴을 열어젖힌다
바다는 층계를 타고내리고
새는 물 끝을 오르면서
낮과 밤이 없는
경계를 탓하지 말라한다
보이지는 않아도
주전자섬이 끓어오르면
태종대 아치섬
실종신고를 해제한다

골목길

가위바위보 힘찬 소리가
저녁놀을 때리면
어둠속에서 무궁화 꽃이 핀다
술래가 뒤돌아보면
개구쟁이 짓 하던 머슴아들
멈칫하며 딴청을 피운다
귀밑머리 땀에 범벅이 되면
엄마는 저녁 먹으라
숨넘어가는 소리로 부른다
아이들 웃음소리가
두레밥상 위로 소거된다
돌담사이 피어난 하얀 민들레
달빛 되어 내려앉는
그림자를 일으켜 세운다
남은 시간 바람개비로 도는
유년의 기억에 맥을 잡는다
언제부턴가 골목길 외등이 된 나는
어둠에 전율한다

나에게 가는 길

겨울 나뭇가지에 걸린 길
잔가지를 쳐내니
통도사 영각 처마 밑 홍매화 동안거를 끝냈다
몰려드는 사람들 폰에 알몸으로 회향한다

혹독한 추위를 이긴 몸짓은 햇살을 모으고
시냇물 소리로 화엄경을 설하며
얼어붙은 풀뿌리에도 따스한 물살이 인다

작은 바람에도 흔들리는 풍경소리
참선에 들면
한 번은 봄직한 어느 조그만 못난이 벽돌집
교회 종소리가 가슴을 친다

아직 먼 산에 발자국이 멈춰있다

바람 앞에 서다

지하철역 출구
공간을 채우는 야윈 그림자가
계단에 엎드려 있다
푹 눌러쓴 모자에
얼굴을 파묻고 구걸하는 앵벌이
창백한 목덜미가
오가는 사람들 지갑을 열게 한다
들녘에 선 허수아비
옷자락 날리며
손짓 발짓이 바쁘다
원룸 옥상
텃밭에
더듬이를 숨긴 여치들
휘청이며
바래진 시간을 탐닉한다

약을 먹다

맛있는 냄새가 묻어나는
어머니 손에
언제부턴가 약이 쥐어져 있다
사는 동안 자식들에게
짐 되지 않고 건강하게 살겠다며
한 주먹이나 되는 약을
볶은 콩 먹듯이 삼킨다
오지 않는 잠을 이기지 못해
떨쳐버리지 못한 그리움을
방안 가득히 채우고
비켜 갈 수 없는 바람벽에
등을 기댄다
고요히 내리는 적막
슬픔은 물결로 차오르고
거름막에 걸린 생의 찌꺼기
썰물로 출렁인다

세월호

- 기억

미안하다며
가슴 미어지게 울부짖던 날
티비도 울고
하늘도 땅도 통곡했었다
늦었지만
이제 팽목항에 와
명복을 빈다
바다는 침묵하고
꽃 한 송이 피지 않는
찬바람만 횅하니 분다
슬픈 눈을 가진 새들이
노란 리본을 달고
그리움의 의자에 앉아있다
할 말이 많은 갯벌
지금 코로나 백신을 맞는다

열꽃을
지운다

염계자 시집 · 작가마을 시인선 50

제3부

꽃기린 선인장

낮과 밤이 없다
일 년 내내 감기도 걸리지 않는다
눈높이 언저리에서
나를 지켜주는 호위무사다
햇살이 부서지면 목이 길어지고
무슨 할 말이 많은지
작은 꽃을 수다스럽게 피워낸다
무심한 가슴에
숨어드는 달그림자
창문을 두드리는 빗소리에
바닥이 젖는
내 울음소리 듣는다
가시를 품어야만 산다는 것은
지나간 일도 미래도 아닌 현재 진행형
늘 웃고 있지만
바람을 움켜쥐고 등줄기를 비튼다
붉게 피고 떨어진다

동백

가던 길 멈추게 한다
아직 봄은 저만치 먼데
예쁜 것이 추운 줄도 모르고
겁 없이 피었다
눈에 담은 꽃
가슴에서 칼바람 소리 듣는다
따끈한 연잎 차로 속을 데우니
햇살에 얼음 깨지는 소리 들린다
마스크 하고 다니는 세상
뭐가 좋아 추위도
아랑곳하지 않고 피었느냐며
동박새도 나무란다
간밤에 내린 비 때문인지
영롱한 모습 그대로
내 앞에서 툭 툭 떨어진다
꽃진 자리
노을이 들어앉는다

유리병

창가에 걸어둔
장화를 닮은 유리병
큰 입을 벌리고 있다

백합을 한 아름 꽂아 두면
향기에 취한 나는
한 마리 나비가 되어 날아다닌다

쉽게 잠들지 못한 밤
달빛이 거실에 앉아있다

꽃은 시들어 떨어지고
누군가
병 속으로 들어가서 웅크리고 있다

지친 나비 한 마리 날갯짓한다

황매산

가슴에 심어둔 오래된 꽃씨를
언제 한번은 피워야 했습니다

어제 늦은 시간이었지만
철쭉이 만개한다는 황매산에 갔습니다
아직 꽃은 피지 않았습니다

축제란 팻말이 무색한지
산은 산정을 넘나들며
먼 덕유산을 끌고 와 탄성을 지르게 했습니다

그대가 찾아왔을 때 난 알지 못했습니다
내가 찾아갔지만 만나지 못했습니다
그래서 우리는 그리워해야 합니다

길을 내며
구부러진 산길을 품어가는 뒷모습에
손을 흔들어도 돌아보지 않는
눈치 없는 철쭉 앙다문 입술에
할 말이 많은 내가 입맞춤을 합니다

기차여행

이른 봄날
설레임으로 덜컹대는
무궁화호 열차를 탄다
창가에 앉으면
달려오는 차창 밖 풍경
거푸 가슴에 담지 못해
눈으로 흡입한다
향기에 취한 기억은
옛 생각을 어루만지고
꽃샘추위는
반가운 만남 끝에 내놓는
찐옥수수 군고구마
삶은 계란을 그리워한다
신경주역까지
친구들 수다 앞다투며
매화 목련 동백꽃을 피워낸다
잠시 쉬어가는 간이역에
봄 햇살이 흐드러지게 핀다

새 1
– 앞니

친구와 노느라
대답 없는 아이를 찾아
머리를 한 대 툭 쳤더니
갑자기 입에서 피가 터지며
치아가 빠졌다
놀란 가슴은 새가 되어
산이 산을 업고
물이 물을 건너
치과로 달려갔다
의사 선생님은
눈물로 얼룩진 엄마와 아이를
한참 번갈아 보며
유치가 시원하게 빠졌다며 웃었다
진료비도 받지 않아
바람이 불어야 흔들리는 줄 알지만
아랫니 뽑을 날 예약하고 돌아서니
앞니 빠진 새 한 마리
어설프게 지저귄다

새 2

먹구름이
무겁게 내려앉은 오후
교문을 나서는 아이가
오줌이 마려운지
하늘을 쳐다보며 뛰고 있다
얼마나 갔을지
이팝나무 흔들리는 사이로
집이 저만치 보이는데
멈칫하며 두 손 비비대는 새가 되었다
갑자기 천둥 번개가 번쩍이며
장대비가 쏟아졌다
울상이던 아이 얼굴에
웃음꽃이 핀다
흠뻑 젖은 새
우산 가지고 마중 나오지 못한
엄마께 투덜대며
위아래 옷을 벗어 던진다
완전범죄라며

성묘

멈춘 시간 속에서
봄이 오는 소리 들리는지
묏등엔 제비꽃이 피어
햇살을 먹고 있다
뿌리째 뽑아야 하지만
생전에 꽃을 좋아하시던
어머님을 그리며 차마 뽑지 못했다
한식 제를 드린 후
젯밥은 까마귀에게 주고
우리
남은 햇살로 음복을 한다

풀밭에서

여름으로 가는 언덕에
산들바람이
앞서거니 뒤서거니 하며 간다
청바지를 입고 뒤뚱대며 걷는
손주를 흐뭇하게 바라보는
할머니 모습이 활짝 핀 흰 백합 같다
토끼풀 밭에 주저앉아
풀꽃 향기 맡으며
도란도란 주고받는 얘기가 궁금하다
하늘엔 뭉게구름 가득하고
아이 손에 꽃시계와 꽃반지가 빛난다
산책길 돌아서는 모퉁이에서
오리나무 벗 삼아
새근대며 잠든 아이를 감싸 안고
오른손으로 네잎크로버를 찾고 있다
해가 저무는데 찾기 힘들다는
행운을 꼭 선물하고 싶은가보다

봄이 오면

햇살이 스치면
찬바람은 따스하고
텅 빈 숲은 하나둘 채워진다
겨우 버티던 사업을 접고
임시방편으로
일자리를 찾아 나선 훈이 아빠
무탈하게 막노동이라도 하고 있으니
걱정하지 말라며 카톡을 보내지만
가슴은 가뭄에 쩍 갈라진 거북이 등판이다
봄을 재촉하는 비라도 내리면
앙상한 나뭇가지에 피돌기가 시작되고
향기 품은 매화가 눈짓하고
진달래가 수줍게 핀다
벚꽃이 흐드러지게 필 무렵
아빠가 돌아오면 쌀독이 채워지고
냉장고가 가득 채워지길
마스크를 쓴 훈이는 기도한다

고추잠자리

뿜어내는 더위에
솟대로 서서
가슴을 붉게 태우고

새벽녘
이슬이 내려앉는
굽어진 산길을 따라
숲으로 갔지

여린 날개로 구름을
잡아당기면
느슨한 민소매 사이로
흘러내리는 빗소리
긴 열대야를 잠재웠지

해거름 들녘에
바람 냄새 넘쳐나면
홀가분해지는 여름

그 끝자락 풍경 속으로
고추잠자리 난다

참새

우리 집 기와지붕에
통보도 없이
참새가 공짜로 세 들어 산다
창가에 다가와 지저귀는 것은
고맙다며 인사하는 소리다
낮에는 새끼들 날갯짓하며
세상 나는 법을 가르친다
아슬하게 위태로운 몸짓으로
담장을 넘나들며 곡예를 한다
먹이 가려서 먹는 밥상머리 교육도
어미라는 이유만으로
지극정성이다
가끔 옹기종기 모여
땅을 밟고 서서 도돔바를 춘다
머지않아 주르륵
비 내리는 선율을 듣는다

태종대

오륙도가 창문을 열면
공룡 한 마리 앉아있다
발자국만 남기고
역사 속으로 사라진
티라노사우르스 같다
능선을 쓸어내리는 목주름
속눈썹을 다듬는 슬픈 눈동자
퇴적층이 굳어 바위가 된 등허리
힘차게 파도를 부른다
출항을 꿈꾸는 거대한 몸짓을 본다
해무가 짙은 날이면 볼 수 없다
지구를 돌아 시간여행을 하는지
하얀 등대 불빛이
들썩이는 밤바다를 물들인다

짝사랑

집들이하는 날
흙을 빚어 만든
투박한 도자기 화분에
분홍장미 선명한
그림을 선물 받았다
아물지 않은 상처를
벽에 걸어두고
아침이면 꽃을 어루만진다
화분을 문질러본다
시들지 않는 생화
질그릇 유액이 흘러내린다
닦아도 지워지지 않는다
바람이 넘실대는 뜨락
장미 향기 가득하다
내 지문이 지워지고 있다

만어사에서

미륵전에 앉아 참선에 들면

손가락을 건드리는 만어석

눈물인지 모를
굵은 땀방울이 맺혀있다

순간

바다가 되고 싶다

활어같이 심장을 펄떡이게 하고 싶다

지느러미를 꼿꼿이 세워

자유롭게 유영하는 산사에

파도 소리 들려주고 싶다

영등 할매

음력 이월에 찾아오는
바람 할매
꽃샘추위와 함께 온다

올봄은 따뜻하고
가는 곳곳마다 꽃들이 화려하다

비는 적당히 오고
밤사이 와서
미세먼지까지 씻어준다

딸을 데려왔나 보다
수란 치마 끝을 잡고
다정하게 꽃길을 걷는다

복을 주기 위해
이 집 저 집을 기웃댄다

수신호

갯내음이
바람에 미끄러지는 날
소주 한 잔 생각나면
꼼장어가 입맛을 당긴다
물고기들이
만선을 노래하는 어부들에게 속아
경매사가 내지르는 수신호로
수족관에서 횟감으로
좌판에서 생선이 되어 쉬고 있다
자갈치는
그새를 못 참아 왁자지껄
지갑을 열어 주거니 받거니
사람들이 야단법석이다

열꽃을
지운다

염계자 시집 · 작가마을 시인선 50

제4부

친구

전화를 한다
남해고속도로를 달리다 보면
창원 하늘만 보아도
가슴 설레는 것은
소답동에 친구가 살기 때문이다

오랜만에 폰 속에서
억새 함성 들으며
비우면 다시 채워지는
달빛 차 마시자 한다

서로 침묵하는 사이
나팔꽃이 몇 번이나 피고 졌는지
햇살마저 단풍이 붉게 물드는
이유를 잘 모른다 하니
지나온 여름 숲은 서로 탓하지 말자

우리는 바람이었고
때로는
동구 밖에 우두커니 선 느티나무였다

꿈꾸는 나무

솔잎에 옷을 깁는 해풍이
장자산 소나무 아래서 시를 쓴다

건장한 사내들이 펼친
시화 액자에 바다를 그려 놓고
포말로 튀는 언어들이
물구나무를 서면
도시유랑민들 휘파람을 분다

흩어진 먼지 같은 꿈들
한데 모여 입을 맞추면
꽃댕강나무 덩달아 물결로 출렁인다

바람과 새소리는
속울음으로 난타를 치고
저무는 햇살 아쉬운 듯
나무와 나무 틈새로 시를 읽으며
꿈을 먹는 식탁 풍경이 된다

혼란 속으로

티비를 켜면
말 잘하는 사람들이 많다
틀린 말은 아닌데도
정장을 한 패널들은 언어를
탁구 치듯 주고받으며
시청자들 애간장을 태운다
몰입하여 듣다 보면
사건 사고 속으로
첨벙 뛰어들기도 한다
무슨 말을 들었는지
구체적 핵심은 뭐였는지
그래도 끝까지 버티는 것은
시원한 만루 홈런은 아니더라도
가슴 쓸어내리며
고개 끄덕이는 답은
들어야 하는데
나는 오늘도 티비를 켜면
혼란 속으로 빠져든다

졸음이 오면 제발 쉬어가세요

서울에서 중부고속도로
안성시를 지나면서
눈에 들어온 팻말 속엔
애간장을 녹이는 언어들
절규하며 매달린다

낮과 밤을 넘나드는 불면은
예외 없이 찾아와
산이 막히고 바다를 만나
파도에 휩쓸려 갈 때도 있다

혀를 깨물고 허벅지를 꼬집어
아픔을 호소해도
차는 신록 속으로 미끄러진다

낯익은 모습 익숙한 몸짓이
하루살이 불빛이 되듯
침묵하는 바람
뒷집 석류알 터지는 소리 듣는다

기분전환

밥맛이 없다
햇살 한 줌 먹고
마파람에 앞머리 살짝 날린다면
떠돌이가 되어도 좋다
몸살로 굳어진 입술 근육 씰룩이며
오륙도를 마주하고 너럭바위에 앉았다
넘실대는 밀물이 목젖을 넘지 못해
재채기만 파도 소리와 힘겨루기 한다
섬과 섬 사이
숨어있는 생명들을 찾아 어루만지고 싶다
솔섬에 우후죽순 자란 머리도
가지런히 손질해 주고 싶다
스카이워크를 타고 오르던 갯내음
저녁놀을 물들이면
나는 선착장 길 카페에서
매운 컵라면을 먹는다

동심

해지는 줄 모르고
빈터에서
아이들이 축구를 한다
밥 먹으러 가자며 보채는데도
아랑곳없이 혼신을 다한다
장래희망을 물으니 축구선수
수수대 마냥 서서 땀을 훔친다
내일이면
건물이 들어설 땅임을 아는지
저녁을 먹고 와서
가로등 밑에서 맹연습 중이다
당장 대회라도 나갈 태세다
늦은 밤
꿈속에서 아이들은 후드득후드득
비 오는 소리 듣는다

명자꽃

꽃망울 터질 듯 물고 있다
이름을 부르니
이명자 윤명자 최명자 김명자
와 하며 꽃이 핀다
보고 싶어
허공을 내지르는 바람
휘파람새 꼬리에 물음표를 달고 있다
하얀 마스크를 하고 할 말을 잃은
친구들 얼굴이 붉다
우리 젊은 날들이
푸른 하늘에 걸려있다

쇼파지기

아는 게 없으면서 지우며

가진 게 없으면서 버리고

기억도 못 하면서 잊자며 산다

숨만 쉬는 목숨인데

티비 리모콘은 놓치지 않는다

지구촌 뉴스에 빠져

온종일 헤매다가 기진맥진

겨우 한다는 소리가

애먼 패널들을 나무란다

다이어트 핑계로

때 되면 밥알은 세듯 먹으면서

밤이면 배고픈 길냥이 같이

냉장고 문을 수없이 열었다 닫기를 반복

몸이 무겁다며 체중계는 챙긴다

별로 하는 일 없으면서

혼자 바쁜 척하며 괴로워 힘들어 한다

매번 탈출을 시도하며 네이버 검색도 하지만

아무도 도움을 줄 수 없다는 증세

쇼파를 처분하면 될텐데

혼잣말에 귀를 쫑긋 세운다

내 편

흐르는 물이다
송사리 노니는 냇가에서 만나
물장구치듯 티격태격하며 흐른다

걸림이 있으면 기다리고
막힘이 있으면 둘러가다 보니
시간은 느리다고 나무란다

하늘 보고 산 보고
구름을 벗 삼아 재잘대다 보면
불시에 계곡을 만나
크고 작은 폭포가 된다
못다 한 말들이 시원하게
물안개 속으로 쏟아진다

비바람을 만나 역류하면
길을 잃고 헤맨다
와락 잡아주는 햇살에 이끌려
강물이 되었다가
바다로 간다

거북이 이야기

부전 시장에서 마주쳤다
그물 속에 갇혀 내 눈을 놓칠 수
없다며 간절하게 매달리며
살려달라는 눈빛이다
어미와 새끼
쉽게 돌아서지 못해 주인에게 거금을 건네니
그물 채로 비닐에 둘둘 말아
내 팔에 안겨졌다
두려움을 감추며 버스를 탔다
황당함이 갈등을 일으킨다
'곧장 가서 반품하고 쇠고기 사서
저녁 만찬을 하면 좋을 텐데' 하고
생각을 거듭하는 동안 수변공원에 도착했다
사람들한테 잡히지 말고
수명장수 하라며 당부하고 작별을 고했다
광안대교를 향해
새끼가 신나게 떠나고
곧 어미도 따라 나섰다
다리 밑까지 거의 다 갔을 때
갑자기 돌아보며 턴을 한다

소중한 것을 잃기라도 한 듯 물살을 가르며 달려왔다
목을 길게 빼더니 절을 세 번 하고
새끼를 향해 빠르게 헤엄쳐 나갔다
놀라고 믿기지 않아
한참을 멍하니 앉아있었다
철썩이는 파도 소리 머리부터 발끝까지 휘감아 돈다

검은 비닐봉지

재래시장
콩나물 천 원어치만 사도
넣어주는 검은 비닐봉지에
검은 장막은 언제나 궁금하다
고기를 샀는지
과일을 샀는지
늘 귀설은 새도 도리질을 한다
세상 모든 숨기고 싶은 것
덫 난 상처도 감출 수 있다
냉장고는 거부한다
기억 상실을 부추기는 봉지
썩은 냄새를 맡을 수 없다며
차디차게 손사래를 친다

기도

    – 그녀

향내가 난다

오늘도 부처님 전에

삼천 배하고

비우고 또 비웠나 보다

회색 무명 바지저고리 차려입고

합장하는 모습에서

목련꽃 핀다

개미와 베짱이가 사는 집

지리산 자락
경호강을 거슬러 오르면
베짱이와 개미 부부가 산다
햇살 가득한 가슴으로 봄을 피우면
벌 나비 날아들어 야생화 수줍다 한다
활짝 핀 목련 향기가 추억을 소환한다
꽃불 밝히며 서 있는 우체통
사색에 잠긴다
미처 전하지 못한 그리움
셀 수도 없는 이름은
꽃으로 나무로 피고 자라며
보이지 않는 여백도 채워진다
산바람
강바람이 썸을 타는 카페에서
아픔과 외로움을 로스팅한다
커피 향인지 꽃향기인지 모를
사람 사는 향기가
화수분같이 쏟아진다

흔적

잊고 살았다 아니
어쩌면 생각하고 싶지 않았는지 모른다
천마산 오르는 초입 칠십 계단
중간지점에
아버지를 사랑한 호야 엄마가 살았다
해바라기를 닮아 열정적인 그녀
가끔 비바람을 몰고 다닌다
자정이 되면 운동장을 걷듯
우리 집 주변을 걷기 시작한다
또각또각 구두 소리에
나무들 잠에서 깨어 침묵한다
한 여름밤 열대야도 긴장한다
누군가 휘파람을 분다
돌아보니
칠십 계단 간곳없고
멀어지는 구두 소리만 귓전에 맴돈다

키다리 아저씨

만나고 싶은 사람이 있다
막무가내로 사겠다고 하는
이웃에게 집을 팔았다
자고 나면 집값이
널뛰듯 오를 때
후회한들 소용이 없었다
누수를 잡지 못해 불편한 집도
다 사고팔았다 하니
내 일그러진 모습이
그림자로 따라 다녔다
모자란 액수지만 넋 놓고 있을 수는 없어
네 번째 부동산 문을 슬쩍 밀었다
주저하는 모양새가 안쓰러운지
소장님이 들어오라 손짓하며 반긴다
탁자에 앉으니
녹차 한 잔을 주며
부자가 되게 해주고 싶다 한다
뭔 소린지
지나가는 자동차 브레이크 밟는 소리라 여겼지만
백지에 집 구조를 그리며

마음에 든다 안 든다는 답만 하면 된다는
단호한 다짐에 주눅 든 심장이 느슨하게
풀리기 시작했다
큰길을 따라 우회전하니
골목 두 번째 못난이 벽돌에
기와지붕에 마당이 넓은 집이다
마음에 들어도 형편에 맞지 않아
뒷걸음질하는 나를 불러세운다
액수가 모자라면 빌려준다며 남편과
같이 오라며 재촉한다
퇴근 후 회사 문을 나서는 사람을 잡고
소장님 목소리를 한참 흉내 내고 있었다
부동산 가는 길가
노랗고 붉은 분꽃이 하염없이 피고있다

세방낙조

솟구치는 에너지에
눈이 부신다
청보리밭을 지나고
나지막한 담장을 따라
고샅길 헤매느라
힘이 들었나 보다
질끈 동여맨 허리끈을 풀고
세방 마을에서 홍주를 마신다
나른해진 몸을 뒤척이며
하루를 훌훌 털어낸다
바다가 내준 길을 따라
솔섬과 곡섬을 넘나들며
차츰 야위어간다
외공도가 덥석 한입 베어 문다
순간 불타는 노을
놓칠 수 없는 함성
솟대에 걸린 바람이 무너진다

바람처럼 새들처럼 삶을 건너는 시간

정 훈(문학평론가)

바람처럼 새들처럼 삶을 건너는 시간
- 염계자의 시 세계

정 훈(문학평론가)

일상에서 보고 느끼고 겪는 일들을 기록하는 사람이 있다. 많은 사람들이 하루를 살고 나서 그 하루를 기록한다. 여기서 기록은 굳이 글로써 남기는 일만을 가리키지는 않는다. 기록은 기억이다. 그리고 기억은 기록된 글이 차츰 시간의 등을 타고 희미해지듯이 얇아지는 법이다. 그래서 기록이든 기억이든 시간이 지워내는 세상을 훗날 되살리면 남는 건 회한이요, 미련이요, 그리움이다. 마냥 행복할 것만 같은 날도 어느새 뜻하지 않은 파도에 젖어 슬픔이 되기도 하고, 마냥 지치고 힘든 나날들 속에서도 기쁨과 행복은 어느새 자기 곁에 찾아오지 말라는 법은 없다. 그래서 삶일까. 살아가는 일, 살아내야 하는 일, 그리고 끝내 불살라내야 하는 생명을 붙들고 우리는 하루하루 살아간다. 여기서 싹트는 것은 생명의 고귀함에 대한 깨달음이요, 무뎌지는 것은 생生이 고락의 바다라는 사실이다. 시간이 지나면서 천천히 알게 되는 것들이 많다. 사람, 자연, 감정, 태도, 모습, 말씨 등 우리가 어떤 고정관념을 지닌 채 바라보는 것들은 말 그대로 시간이 지나면서 자신의 고정관념과 편견을 때리기 시작한다. 그때는 알았다고 생각했던 것들이 지금은 다른 매무새를 지닌 채 존재하고 있었던 것이다. 내가 바라보는 사람도 내가 익히 알고 있던 사람이 아닐 수도 있다. 우리 주변에 늘 놓여있는 배경과 사물들도 마찬가지다. 시간은 사람에게 지혜를 안긴다. 지혜가 들락거리는 삶이다. 미처 알아보지 못하고 지나가는 것들도 있을 터다. 구멍이 난 것처럼 제게 다가오는 존재의 새로운 얼굴을 못본 체하고 흘러버리는 것들이 얼마나 많겠는가. 그래서 우리는 우리에게 다가오는 것들을 매번 새로운 눈으로 바라보아야 한다. 시인은 그렇게 살아가는 사람이다.

염계자의 시들은 우리가 놓쳐버리는 둘레를 매만지며 눈으로 기록해놓은 말들의 저장소다. 이 저장소, 혹은 보관소를 들춰보면 놀랍게도 살아 꿈틀거리는 뭇 존재들의 아우성과 생김새들이 또렷하다. 사람은 누구나 자신을 중심에 두고 살아간다. 그래서 이 세계와 우주의 한복판에서 자기 자신만이 가장 소중한 존재라 믿고 있다. 하지만 조금만 시각을 틀어보면 모두 다 자신처럼 자기만의 우주를 보듬고 살아가고 있다는 사실을 알게 된다. 시인의 눈은 이렇게 세심해서 보통 사람들이 바라보지 않는 모서리와 그늘진 곳을 곧잘 포착한다. 염계자 시인도 마찬가지다. 인식의 주체가 자아(에고)에 있기에 사람들이 자기가 보고 싶어하고 느끼고 싶어 하는 것에 관심을 둘 때 시인은 잠시 자아를 벗어난다. 즉 자기 자신으로부터 멀찍이 떨어져서 객관적인 태도로 사물을 바라보게 되는 것이다.

이사 청소하는 날

앞 전봇대 위에는 까치 부부가

부지런히 집을 짓고 있다

서로 나뭇가지를 물고

번갈아 날아오르는 모습이

집 장만에 애쓰던 나를 닮았다

우린 서로 눈인사를 하며

자주 만나자고 통성명도 했다

며칠 후 입주를 하고

반가운 마음에 전봇대를 쳐다보니

까치집이 보이지 않았다

바람이 무허가라 고자질하여

한전 직원이 단번에 철거했다며

물집 생긴 부리로 깍깍댄다

나는 서랍을 열어 고이 넣어둔

등기부 등본을 확인한다

– 「무허가」 전문

사람과 까치가 어우러지는 교감을 형상화한 작품이다. 여기에 끼어든 바람도 무척 재미가 있다. 집을 옮기는 일이 비단 사람에게만 이루어지는 일은 아니다. 까치뿐만 아니라 모든 생명체들은 한 곳에 머무르지 않고 때에 따라 서식지를 옮긴다. 우리가 인간이기에, 그래서 생각하는 동물이기에 이사를 하면서 생기는 여러 가지 일들을 거치다보면 미처 주변을 살피지 못할 때가 많다. 거의 부지기수라 보아야 할 것이다.

시인이 이사를 하면서 마주친 까치 부부는, 시인에게는 사람이나 별반 차이 없는 생명체다. "우린 서로 눈인사를 하며/자주 만나자고 통성명도 했다"처럼 마치 이웃에게 인사를 건네는 것처럼 까치와 무언의 인사를 나누는 화자를 보며 절로 흐뭇해진다. 며칠 후 보이지 않는 까치집에 화자는 마음이 덜컥거렸을 테다. 이런 문제를 해결하기 위해 시인이 끌어 온 상상은 무허가라 고자질한 바람이다. 사람과 동물, 그리고 자연이 서로를 받아들이면서 교감을 나눈다. 인간사회의 공동체는 지금까지 인간을 제외한 존재들을 배척하거나 망각하면서 지탱해왔다고 보아도 무방하다. 기껏해야 인간사회의 배경을 이루거나 좀 더 풍성하게 하는 재료에 지나지 않았다. 최근 인간의 통념이 가져 온 재앙을 돌이켜보며 새로운 패러다임을 주문하는 소리가 점점 많아지고 있다. 시인처럼 인문학적인 감성이 높은 사회로 가자는 시대의 목소리를 귀 기울여 본다. 이는 '자연주의'로 회귀하자는 말과 다르다. 자연주의조차도 일종의 이데올로기다. 근대로 접어들면서 실험했던 온갖 사상과 이념들이 지금은 다시 비판당하고 있다. 이제는 '공존'의 시대로 접어든 것이다. 여기에서 문명이 나아가야 할 방향이 싹튼다. 시인은 인간사회에서 소외된 존재들에 눈길을 주고 있다. 굳이 시대적인 소명을 말하지 않더라도, 이제는 인간과 자연(뭇 존재들의 생태까지 포함한)이 어떤 관계로 회복해야 하는지 위 시를 보면서 생각하게 된다.

　우리 집 기와지붕에
　통보도 없이

참새가 공짜로 세 들어 산다

창가에 다가와 지저귀는 것은

고맙다며 인사하는 소리다

낮에는 새끼들 날갯짓하며

세상 나는 법을 가르친다

아슬하게 위태로운 몸짓으로

담장을 넘나들며 곡예를 한다

먹이 가려서 먹는 밥상머리 교육도

어미라는 이유만으로

지극정성이다

가끔 옹기종기 모여

땅을 밟고 서서 도돔바를 춘다

머지않아 주르륵

비 내리는 선율을 듣는다

— 「참새」 전문

　　위 시도 앞의 「무허가」와 같은 메시지와 느낌을 주는 작품이다. 소재도 비슷하다. 다른 점은 참새 식구라는 점이다. "먹이 가려서 먹는 밥상머리 교육도/ 어미라는 이유만으로/ 지극정성이다"는 대목에 주목한다. 동물의 자식사랑은 사람에 못지않다. 아니 본능이다. 그래서 미련하게 보이기까지 한다. 시인은 참새 식구들을 보며 어미 심정을 헤아린다. '모성'이란 말, 참으로 많이 쓰고 많이 듣는 말이지만 유독 시에서 모성의 소재가 나오면 모성의 의미 장場을 되짚게 된다. 화자는 객관적인 사실로써 참새 식구들을 바라보지만 누구나 그

렇듯이 이를 통해서 '가족'이라는 의미를 되새겼을 것이다. 시인은 미물인 새들 가족을 보면서, 따뜻한 보금자리에서 지지배배 살아가는 한 움큼의 생명을 떠올린다. 화자의 집에 세 든 참새가족들도 참새대로 한 철 살다 다른 곳으로 떠날 것이다. 모든 어미(어머니)들은 자식들을 키우고는 떠난다. 어미 품에 자란 자식들도 자라 어미와 지아비가 되고, 또 다시 자식들을 자신의 어미가 그랬던 것처럼 키울 것이다. 한편으로 보면 너무나 당연한 이치지만 곰곰이 생각하면 신비롭기 짝이 없다. 어미가 자식을 알아보는 일만큼 신비한 일도 있을까. 제 몸에서 나왔기에 그럴 수도 있다. 하지만 생명은 신비로운 게, 자식이라서 자신이 키워야 한다는 마음이 어디에서 나왔는지 캐물으면 도무지 한없이 궁금해지지 않을 수 없다. 자연의 명령이다. 태어나기 전부터 알고 있는 불변의 원칙이다. 이런 생명의 순리를 적용받지 않는 존재와 공간은 없다. 우연히 자신의 집에 찾아온 생명체가 보이는 '유사 인간'의 생태를 보며 시인은 감탄한 것이다. 이것은 생명에 대한 감탄이기도 하고 생명윤리의 일상적인 발견이라고 해도 된다. 동물과 인간이 공존하는 차원을 넘어선 곳을 인식하는 일에서 진정한 생명에 대한 가치를 발견할 수 있다. 위 시에서 그런 낌새를 발견한다.

염계자 시인이 보여주는 일상의 미세한 발견과 애정은 비단 그의 삶에서 비롯한 언어적 미덕 때문만은 아닐 것이다. 시가 지금까지 우리 인간에게 제시한 다양한 메시지를 하나로 수렴하면 바로 존재에 대한 사랑이 된다. '사랑'은 우리가 흔히 생각하는 좁은 의미의 맥락을 훨씬 뛰어넘는다. 사랑이 없고서야 자신의 주변을 따뜻한 눈길로 보살필 수 없다. 일상을 그려내는 일은 바로 일상을 껴안으면서 사랑하는 일과도 같다. 시인이 그리는 일상의 풍경은 그런 의미에서 소중한 세계의 재발견이 된다. '사랑'을 절대 원칙으로 한 삶은 자기 자신을 한없이 부끄러워한다. 부끄러움은 미처 씻어내지 못한 자아의 무게에서 비롯한다. 대개 시인들이 부끄러움을 고백하는 이유도, 여느 사람과 다른 자의식을 지니고 있기 때문이다. 이 자의식은 자신을 느끼는 의식이고 자신을 떠받드는 의식이다. 섬세한 감성을 지닌 사람일수록 자주 느낀다.

얼마 전 이웃으로부터

막무가내로

좋은 일에 쓰겠다며

계좌번호가 찍힌 카톡이 왔다

조금 혼란스러웠지만

고개를 끄덕이며 입금을 했다

상세한 언급이 없으니

잊고 있다가도 생각나면

괜스레 투덜대며 속상해 했다

일주일만인가

외출 후 돌아오니

현관 앞에 가지런히 놓인 박스

들어보니 무거웠다

햇살이 가득 찬 거실엔

물결이 출렁거렸다

몇 겹의 포장지속에서

얼굴을 내민 것은

나무로 잘 다듬은 함지박이었다

장애인학교에서

아이들이 통나무 속을 들여다보며

칼로 지극정성 아픔을 도려내야만

작품이 완성되는 그 손끝에서

윤슬이 매달려 있다

- 「택배를 받고」 전문

　사소한 오해에서 비롯한 화자의 마음을 고백하는 시다. 모든 일이 오해에서 비롯하지는 않지만, 때때로 오해는 자신 속에 있는 오해의 진실을 끄집어내곤 한다. 가타부타 용건도 없이 돈을 부치라는 문자에 화가 나지 않는 사람이 있겠는가. 그것이 좋은 일에 쓰겠다는 말을 달아도 마찬가지다. 그만큼 우리사회가 서로를 믿지 못하는 세태가 되었다는 방증이 되기도 한다. 사람이 사람을 속이는 일이야 하루 이틀의 문제는 아니다. 아마 사람이 사회를 이루고 살았던 때부터 시작되었다고 해도 된다. 화자가 느낀 불안함도 이와 같았을 것이다. 하지만 "일주일만인가/ 외출 후 돌아오니/ 현관 앞에 가지런히 놓인 박스" "장애인학교에서/ 아이들이 통나무 속을 들여다보며/ 칼로 지극정성 도려내야만/ 작품이 완성되는 그 손끝에서/ 윤슬이 매달려 있다"고 화자는 고백한다. 사람과 사람 사이에서 일어나는 작은 오해는 시간이 지나 오해가

풀리면 스스로 오해했던 사실을 자책한다. 이런 일련의 연쇄 작용이 인간사회의 범주에 관계없이 벌어지는 게 바로 인류의 역사라고 해도 지나친 말은 아니다. 시인은 보편적인 '인간'의 감정을 대신한다. 인간의 감정을 대신하는 존재로서 시인은 인간이 지닌 유한성과 허약성을 폭로한다. 물론 위 시는 인간의 한계를 고발하거나 폭로하는 사회성을 담은 작품은 아니다. 화자의 감정은 우리 모두가 평소 아무렇지도 않게 느끼면서 지나쳐버리는 감정일 수도 있다. 뜻하지 않게 찾아오는 사건과 감정이 어떤 그림 속 배경으로 놓여있는지 재배치하는 언어형식으로서 시를 생각하게 하는 작품이다.

겨울 나뭇가지에 걸린 길
잔가지를 쳐내니
통도사 영각 처마 밑 홍매화 동안거를 끝냈다
몰려드는 사람들 폰에 알몸으로 회향한다

혹독한 추위를 이긴 몸짓은 햇살을 모으고
시냇물 소리로 화엄경을 설하며
얼어붙은 풀뿌리에도 따스한 물살이 인다

작은 바람에도 흔들리는 풍경소리
참선에 들면
한 번은 봄직한 어느 조그만 못난이 벽돌집
교회 종소리가 가슴을 친다

아직 먼 산에 발자국이 멈춰있다

– 「나에게 가는 길」 전문

「나에게 가는 길」은 화자의 내면이 걸터앉은 풍경의 한 자락을 보여준다. 통도사 홍매화를 보며 화자는 자신을 되돌아본다. 내면의 정황이 구체적으로 드러나지는 않으나, 시의 전체 분위기를 짐작하건대 아마도 화자는 겨울이 지나고 봄이 찾아온 자연의 따뜻한 물결과는 조금 빗금을 친 내면을 언뜻 내비친다. "작은 바람에도 흔들리는 풍경소리/ 시냇물 소리로 화엄경을 설하며/ 얼어붙은 풀뿌리에도 따스한 물살이" 일지만 "교회 종소리가 가슴을" 치며 "아직 먼 산에 발자국이 멈춰있"는 느낌을 받는다. 가야 할 길은 멀지만 아직도 쉽사리 발길을 떼어놓지 못하고 있는 자신에 대한 불안함이 서려있다. 우리는 각자 주어진 길을 걷는다. 잘 걷고 있다 생각하는 사람도 있겠지만 대부분은 망설이면서, 때로는 의심하면서 내키지 않는 걸음걸이로 하루하루 보내고 있을 것이다. 시인도 아마 그런 걸음새일 수도 있다. 이럴 때는 자신을 둘러싼 풍경들이 온전히 들어오지 않는다. 내면의 소리에 집중하기 때문이다. 가야할 길은 멀고 현재 서 있는 지점은 도달해야 하는 길에서 한참 떨어져 있음을 발견하는 자의 마음은 얼마나 초조하겠는가. 아름다움도 잊은 채 영문도 모르고 결국 나에게 가는 길은 그 어떤 길보다 하염없고 아득하다.

이번 시집에서 시는 현실과 세계를 반영하는 언어 장르이자 인간내면의 내밀한 풍경을 스케치하는 지극히 주관적이고 서정적인 장르이기도 하다. 그렇기에 어떤 확정적인 해답이나 결론, 혹은 세계관을 단호하게 내세울 필요가 없다. 이런 시 장르의 특징이 시인들로 하여금 지엽적이고 소품성이 강한 작품을 양산하기도 한다. '일상시'라는 세부갈래가 1980년대 이후 우리 문학사에서 흔히 거론되었던 이유도 '거대서사'가 실종된 역사적·사회적·정치적 상황과도 무관하지 않다. 시가 겨냥하는 지점이 역사나 정치가 되건, 시인 자신과 이를 둘러싼 미시적인 일상이 되건 중요하지 않다. 중요한 것은 언어화한 '시'를 통해 사람들이 어떤 정신적·문화적 자양을 흡수하는가이다. 이것이 시가 주는 기능 가운데 오랫동안 핵심적이고도 보편적으로 널리 인정받은 이유이기도 한 것이다. 염계자 시인의 시편들은 보편적인 인간의 감성과 시인 자신의 구체적인 감성을 융합시키는, 시 일반의 형식 요소를 효과적으로 사용한다. 가장 구체적인 것이 어쩌면 가장 보편적인 것이 될 수 있다는 진실을 더러 시는 보여준다. 그러므로 자신의 내면을 잘 살피는 일이야말로 우리 이웃과 공동체의 면모를 붙잡는 일로 이어진다 하겠다.

빗소리만으로도
몸이 흥건하게 젖는 날은
마스크에 숨기고 싶은 흉터가 있다

세찬 비바람에
아스팔트 위로 나뒹굴었던
흐트러진 모습
빗물은 아무렇지 않게

피빛 흔적을 씻어낸다

일기장을 편다
두더지 방망이로 질식시킨 언어들이
일제히 일어나 작은 함성을 내지르면
내 안에서 막혔던
혈관 뚫리는 소리 들을 수 있다

여기저기 텅 빈 상가가 보인다
임대문의 요망 또는 급매
차창 밖 가로수 사이로
상처 난 파도가 밀려온다

– 「넘어지다」 전문

위 시에 쓰인 소재들인 '빗소리' '흉터' '세찬 비바람' '아스팔트' '핏빛 흔적' '함성' '상처 난 파도' 등에서도 알 수 있듯이, 상처는 언제 어느 때라도 찾아오는 생명의 생채기다. 우리는 상처를 받으면서 아물고, 아물면서 또 다른 상처를 마음에 새긴다. 무한 반복되는 상처와 치유의 과정이 삶이지만 때로는 예민한 감성에 상처를 내는 존재에 대한 서운함을 쉽사리 지워버릴 수가 없다. "일기장을 편다/ 두더지 방망이로 질식시킨 언어들이/ 일제히 일어나 작은 함성을 내지르면/ 내 안에서 막혔던/ 혈관 뚫리는 소리 들을 수 있다"는 진술에서 '언어'가 주는 치유의 효과를 본다. '말'은 무의식이나 생각을 드러내는 효과적인 수단이다. 그래서 말이 인간 사이의 커

뮤니케이션으로서 가장 오랫동안 사용한 방법이 된 것이다. 그런데 쏟아내고 싶은 마음을 말이나 글로 표현하지 못할 때 쌓인 응어리는 결국 상처가 된다. 말이 준 상처가 아니라 밖으로 시원하게 끄집어내지 못해서 생긴 트라우마인 셈이다. 언어들이 함성을 내지르면 화자의 혈관이 뚫리는 소리를 듣는다 했다. 하지만 우리는 언제라도 속에 있는 말을 밖으로 나타내기는 불가능에 가깝다. 누구든 하고 싶은 말이 없겠느냐마는, 아무도 속엣 말을 함부로 드러내지는 못한다. 밖으로 표출된 말은 늘 억압되고 잠재적으로 가라앉은 말을 낳는다. 말이 말을 막는 것이다. 여기에서 마음의 적층積層이 생긴다. 말의 그늘이다. 말 그림자다. 말 그림자는 언제든 어두운 무늬로 자신을 괴롭힐 수가 있다. 그게 언제 나타날지는 말을 하는 주체조차도 알 수 없다. "상처난 파도가 밀려"오는 나날들이다. 화자는 자신의 내면에 응어리진 상처를 기억해내고는 괴로워한다.

미륵전에 앉아 참선에 들면

손가락을 건드리는 만어석

눈물인지 모를
굵은 땀방울이 맺혀있다

순간

바다가 되고 싶다

활어같이 심장을 펄떡이게 하고 싶다

지느러미를 꼿꼿이 세워

자유롭게 유영하는 산사에

파도 소리 들려주고 싶다

—「만어사에서」 전문

먼 길을 돌아서 선 자리에 자신을 지켜보면 참으로 지난한 세월 동안 무던히도 잘 건너왔구나, 하는 생각이 들곤 한다. 시인은 지난 시간이 새긴 삶의 무늬들을 차분하게 매만지며 남은 길을 걸을 채비를 한다. 현대시에서 '절'이 주는 분위기와 효과는 일정하다. 종교성이나 종교적인 공간을 떠나 절은 사람과 인생을 가만히 지켜보는 자리의 소재로 많이 활용되어 왔다. 위 시 또한 그러한 범주에서 멀리 벗어나지 않는다. "순간// 바다가 되고 싶다"는 말을 곰곰이 새겨본다. 바다가 되고 싶다는 화자의 심사에는 얼마나 많은 삶의 궤적 위에서 아로새긴 상처와 절망들이 버짐처럼 묻어 있을까. 순전히 '바다'라는 자연을 닮고 싶다는 뜻보다는, 어딘지 이 허무하고 무상한 세상을 밀쳐내고 맘껏 활개를 치며 펄펄 날아오를 수 있는 공간에 자신을 뉘고 싶다는 의미가 들어 있는 것처럼 보인다. 시인은 아마도 그러고 싶어 했을 것이다. 일상이 주는 기쁨과 놀라움도 나날이 새로운 생명력을 가져다주는 것들이지만, 한편으로 실존적인 고독이나 허무감이 때때로 시인을 휘어잡기도 하겠다. 바다가 되고 싶다는 말, 그래서 "자유롭게 유영하는 산사에// 파도 소리 들려주고 싶다"는 소망은 비록 이루어지기 힘든 바람일지라도 늘 가슴 설레게 한다. 세계는 생명을 보듬고 자라게 하는 둥지요 보금자리이다. 그리고 또한 인간은 그런 세계 한복판에서 다른 존재들과 함께 이 세계를 더욱 살지게 하는 위대한 주체다. 유한하고, 허약하고, 끝내 흙으로 돌아갈 뿐인 사람이지만 꿈과 소망을 잃지 않는 한 하늘 아래 가장 위대한 존재가 바로 인간이다. 우리는 소망하면서 하늘을 바라본다. 시인은 그런 우리 마음을 대신 말로써 표현했을 뿐이다. 자연이라는 이름의 둥지 속에서 언젠가는 바람이나 새들처럼 삶의 징검다리를 건너는 시간 속에서 시인은 언어로 기록한다.